王小妮
2018.4.4于海南

苍天的眼泪

金小刀诗选集

金小刀 著

中国出版集团 现代出版社

图书在版编目（CIP）数据

苍天的眼泪 / 金小刀著. -- 北京：现代出版社，2017.10

ISBN 978-7-5143-6526-9

Ⅰ．①苍… Ⅱ．①金… Ⅲ．①诗集－中国－当代 Ⅳ．①I227

中国版本图书馆CIP数据核字(2017)第243924号

苍天的眼泪

作　　者	金小刀
责任编辑	杨学庆
出版发行	现代出版社
地　　址	北京市安定门外安华里504号
邮政编码	100011
电　　话	010-64267325　010-64245264（兼传真）
网　　址	www.1980xd.com
电子邮箱	xiandai@vip.sina.com
印　　刷	成都新千年印制有限公司
开　　本	880mm×1230mm　1/32
印　　张	6
字　　数	102千
版　　次	2018年1月第2版　2018年1月第1次印刷
书　　号	ISBN 978-7-5143-6526-9
定　　价	39.80元

版权所有，翻印必究；未经许可，不得转载

序

王永盛

  刘俊峰是作者的本名。他写诗歌时用的笔名叫俊峰，取原名的后二字，盖因此二字本身富有诗意；写小说时的笔名叫金小刀，拆自其姓"文刀刘"。一个本名用作两笔名，还能合意，倒也难得。俊峰从20世纪80年代开始写诗，一写30多年，先后出版过诗集《迷城》、诗歌散文集《夜的颜色》。《迷城》出版于20世纪90年代初，是与音乐诗代表诗人鲁萍的诗集《德彪西的月亮》同期一套出版。据读过此诗集的作家南宋（厦门市作协副主席）说，俊峰的这些诗歌有一定高度，本色书写是这些诗歌的最大特点。俊峰自己也说，那时真的是纯粹在写诗，写的是纯粹的诗。话有些绕，大抵缘于刚开始写作的作家，都会偏重追求文本的艺术性、诗歌的节奏和优美诗意的语言吧！

  第一次和俊峰相识，是他的诗文集《夜的颜色》出版后，他送来一本谦虚地让我"指正"，记得那是2009年的一个夏日。2012年初他的长篇小说《困局》（作家出版社出版）问世，他又来找我商量新书出版后的宣传推广事宜，和他的交往也渐渐多了起来。后来《困局》销售了近万册，还获得了首届中国海关"金钥匙"文学奖，并有多家影视机构找他洽谈该书的影视改编权。写诗歌转写小说仍然很出色，虽然他对诗歌深深偏爱着。

　　俊峰能言善道，幽默风趣，朋友聚会有他在，觥筹交错间便多了许多欢声笑语。一次席间，端着酒杯的俊峰突然神情庄重起来，认真地对我说，人这一辈子家乡之外的任何地方都可以不去，但如果没去过西藏那将是个终生的遗憾！他说他想进藏，寻找他心中的圣地。

　　我只当是醉话，并未介意他那时的郑重。不承想一个月后，俊峰当真就去了西藏。头尾19天深度探秘的采风之旅，让他有了更深刻的生命感悟和心灵体会。从西藏回到厦门的那段时间，俊峰老说跟做梦一样回不过神来，仿佛身体和灵魂还在那个遥远的青藏高原。平时嘻嘻哈哈的一个人变了个样似的，看来西藏触动了他内心深处的敏感神经，进入了他的灵魂。此后，他陆陆续续开始以西藏为题材进行诗歌创作，当在情理之中。

　　神秘而诗意的西藏，在很多人的眼里和心中，有着非同一般的奇异光芒，深深地吸引着每一个踏上那里或者还在憧憬着的人们。只是它在诗人心中投下的涟漪，拨动了那根诗歌的弦——赏心悦目的蓝天，炽热通透的阳光，猎猎舞动的经幡，无处不在的玛尼堆，雅鲁藏布江日夜奔腾的细浪，珠穆朗玛峰终年笼罩的白雪，碧玉般的湖水，绿茵茵的草甸，漫山遍野的牦牛和牧民扬鞭的身影，天空盘桓的鹰鹫……这些和诗人工作生活完全不同的地域自然景色和独特民俗体验，让诗人产生出巨大的创作冲动。

诗集中有许多关于地名景观的书写，既有自然地理的诗性描摹，也有人文体察的情感抒发，常常二者合为一体。这些诗作集中在书中的第一辑《灵肉离合：迷途与皈依》和第二辑《边塞情怀：苦行与观照》，作品蕴含诗人丰富的历史观、社会观和人生观，附着诗人对生命和时空的解构反思和独特体验。藏地秘境带给诗人陌生化的冲击和想象，神山、圣湖、雄浑的旷野……高原的原初景象透出别样生动的感觉。

> ……
> 一个人来到西藏
> 注定与另一个人相遇
> 与另一个人擦肩而过
> 与另一个人互相思念
> 在玛尼堆旁
> 在灵塔里
> ……
> ——《一个人来到西藏》

不用费力寻找诗歌的意象,在南方诗人的眼里,玛尼堆的神奇、灵塔的神圣……都是现成的带有隐秘符号的诗歌意象。诗人用复调和应和的句式,语言整齐,铺张扬厉,读之朗朗,带给读者富于哲学思考的诗句,像羊卓雍错碧蓝湖水尽头,远处还有连绵起伏的皑皑雪峰;又好比湍急的水流之下,一定有深潭;高峻的山峰之下,一定有深谷,总是让人有所悟道,回味无穷。

……
吃过糌粑才知道
它是你的生命
你无限渺小
还不如那粒青稞
嗡嘛呢叭咪吽
……

——《冈仁波齐》

面对神秘、神奇和神圣,作者迷恋于这片土地上生生不息的苍凉奇丽和磊落气骨,他不禁凝神眺览,仰观宇宙之旷达,俯察物种之细微——天高增叹,关山难越。"你"如此渺小,"还不如那粒青稞",无限感慨将诗情引入高昂激越,而且抑扬起伏,跌宕变化。写土地,写土地上的生命与土地的联系,传达出一种或是迷惘、困顿和忧郁的情绪,或是具体的、身体化的人与物,是作者对土地,对生活在土地上的人们精神世界的深刻理解，对藏地悠久而独特的宗教源流的内核探究。

"那湖是一面魔镜/那湛蓝色泛着泪光/悲悯人间无尽苦难/从千年传说直到今天//我看湖是湖/湖看我眼含泪光"（《苍天的眼泪》）。生死的不可知，现世来生的不确定性，让诗人对生活在西藏土地上人们的淡定和从容，从最初的有一丝不解，到后来的心生仰慕。诗人在西藏路上的此类咏物、状景，试图诠释藏族生活的地域、文化特质及藏族人的生存状态、文化心理结构，其中不乏文人情怀抒发和对诗意人生的向往。"我们穿同样的衣裳/过不同的生活/因为我的到来/你们生发出熠熠光辉/把我变成一条渺小的虫"（《日喀则》）。特殊的感怀与寄意，在矛盾的处境中顿悟，选择了在当下，不仅是来自生活的经验，更是一种接近禅理的问道，将宗教的神秘感带入文字之中。虔诚热切，虚实相生，用字准确精良，极见层次，让诗歌有了更好的质感和更强的诗性。

10世纪到16世纪，是藏族文化兴盛时期。结构宏伟、卷帙浩繁的世界最长史诗《格萨尔王传》，多少世纪以来，就一直在藏族地区广为流传。藏族的节日像萨噶达瓦节、雪顿节、花灯节和望果节；藏族丰富的吃食，像糌粑、青稞酒、酥油茶、血肠、奶酪等，历史文物、都城建设、人文景观、风俗习惯、礼仪风尚都反映了藏族文化的兴盛。当然也有韶华易逝、青春易老的感伤，今天的碎瓦断墙，曾是当年的歌楼舞榭；今天的土堆石砌，曾是当年的雕花玉树；今天的秋茶春荠，曾是当年的珍馐美馔；今天的丹枫白荻，曾是当年的秀锦轻绸……这样的反差在诗人心中，留下无法抹平的块垒。诗歌部分表现在第三辑《悲欣交集：存在与虚无》里。

　……
　当我们告别肉体
　化为齑粉或青烟
　只有时间
　陪伴至不可知的未来
　直到永恒
　　　——《除了时间我们一无所有》

没有了朗声诵咏，金声玉振，音调也变为平抑；没有炫耀渊博，而是追求精切自然。这一部分诗歌援引特定区域的人、事、物，阐发诗人自己的思想情感和体悟，语句变得委婉又隐晦，悲伤又迷惘。一如在时光的灰烬中，将心事平缓悠然道来，最后从容淡定地收束。

藏族人好客，常用美酒招待客人，客人喝得越多，越能体现主人的热情。据说俊峰这次进藏采风期间，有过在海拔近五千米的阿里狮泉河镇，一次喝下半斤多白酒的记录。

俊峰从几乎零海拔的海边来到西藏最深处，不仅没有受困于高原反应,还能开怀畅饮,让人不免有些惊奇。但身体上泰然自若,不等于心底里波澜不惊,我们是不是可以把这本诗集,当作俊峰的另类高原反应?!众方家不妨认真一读,围观俊峰内心的高原反应——无论诗歌是客体描绘,还是谈玄说理;无论是融情于景,还是寓情于物。或是领略其作品透出的时而声色相融,时而喜忧交错,时而冲突困顿,时而天人合一,时而直入人心,时而出人意表的彼时心境写照。进而心随笔转,感逐意生,读诗集,有所得,有所悟,何乐而不为?诚如其诗所言——

  扎西伦布寺把金顶的光
  送到你怀里
  你接受
  或者拒绝
  都是轮回
  不想看到前世
  如何面对现世的自己

    ——《换一个角度看扎西伦布寺》

是为序。

            丁酉年端午 于厦门

王永盛，现为厦门市委宣传部文艺创作中心主任，厦门市作家协会秘书长。中国作家协会会员，中国文艺评论家协会会员，青年评论家。

目录
CONTENTS

第一辑
灵肉离合：迷途与皈依

一个人来到西藏 ………………………………… 002
西藏的夜 ………………………………………… 005
藏　香 …………………………………………… 007
换一个角度看扎西伦布寺 ……………………… 009
在普兰的一段记忆 ……………………………… 011
青藏之旅 ………………………………………… 013
过日月山 ………………………………………… 015
你是地球之巅的一滴泪 ………………………… 017
那一日 …………………………………………… 019
冈仁波齐 ………………………………………… 021
阳光之下 ………………………………………… 024
高原之上 ………………………………………… 025
布达拉 …………………………………………… 027
经　幡 …………………………………………… 029

贡嘎机场的回首 …………………………………… 030
拉昂错 …………………………………………… 032
西藏蓝 …………………………………………… 034
苍天的眼泪 ……………………………………… 036

第二辑
边塞情怀：苦行与观照

雪域边关，我心中有颗扣子为你解开 ………… 040
边关行迹（五首）………………………………… 044

第三辑
悲欣交集：存在与虚无

除了时间我们一无所有 ………………………… 052
台　风 …………………………………………… 054
我是一条鱼 ……………………………………… 057
秋天，我写三封信 ……………………………… 059
十二月 …………………………………………… 061
夜　神 …………………………………………… 063

越过子夜的新年 ……………………………… 065

早晨醒来 …………………………………… 067

选择一个决定 ……………………………… 069

断　裂 ……………………………………… 071

我在黑暗里看自己 ………………………… 073

呼伦贝尔 …………………………………… 075

眼中风雨 …………………………………… 077

那些舍不得放下的东西 …………………… 079

黑夜六章 …………………………………… 081

杂感三章 …………………………………… 085

每一首诗里 ………………………………… 087

我在秋天的雨丝中迷失 …………………… 089

八月的末日 ………………………………… 091

清　明 ……………………………………… 093

夏　日 ……………………………………… 095

三月雨 ……………………………………… 096

致海子 ……………………………………… 097

佛　珠 ……………………………………… 099

告别四月 …………………………………… 101

五月的红色 ………………………………… 103

海洋神话 …………………………………… 105

碎　片 ……………………………………… 107

平　静	109
听贝多芬	110
想起马勒	112
谁在梦里漫步	113
关于时间	114
冬至随想	116
追忆2015	118
夜　半	120
春雨搅起多少涟漪	122
臆　想	124
那年春天	125
这个季节	126
天亮之前	127
距　离	128
深夜，滂沱大雨	130
夜，是看不见的眼睛	132
雾	134
一句诗的宽度	135
一个问题的答案	137
出　走	139
截句五章	140
在那遥远的地方	142

在金银滩寻找王洛宾 …………………………… 144

凤凰花赋 ………………………………………… 146

听《如歌的行板》 ……………………………… 148

一瓢美酒 ………………………………………… 150

告别九月 ………………………………………… 152

偶像的黄昏 ……………………………………… 154

时间是一根绳索 ………………………………… 156

江　湖 …………………………………………… 159

印象2016 ………………………………………… 160

长白山上 ………………………………………… 161

夜晚是少数人的天堂 …………………………… 163

地藏王 …………………………………………… 164

所有人都是夜空里的一闪 ……………………… 167

第一辑
DIYI JI

灵肉离合：
迷途与皈依

一个人来到西藏

一个人悬挂在知与未知之间
寄蜉蝣于天地
一个人来到西藏
寻找信仰和风景
在知与未知之间
把影子踩在脚下
与未来对赌
未来是触手可及的泡沫

天幕张开露出时间黑洞
四野洪荒如大地子宫
圣经在内心深锁
生命归于尘土
一个人在天边孤独苦行
渺沧海于一粟
提着头颅风餐露宿
谜底越藏越深
一个人来到西藏

期待解密的法螺吹响

非法非非法无非因果
珠穆朗玛圣洁如神迹
羊卓雍错碧蓝到极致
一个人来到西藏
回首颠覆假象
真相云卷云舒
从眼里蔓延到天空

死亡时时刻刻重新定义
生命在飞沙走石间浮沉
神鬼的路标并肩比邻
看不见的眼睛无处不在
经幡是佑护的图腾
把守灵魂游走的关卡
一个人来到西藏
困惑与缺氧无关

一个人来到西藏
注定与另一个人相遇
与另一个人擦肩而过
与另一个人互相思念
在玛尼堆旁
在灵塔里

在时光的灰烬中

信仰是一间间空空的房子
风景是一张张微笑着的脸
一个人来到西藏
转神山转圣湖
从终点到起点
一个人不停地苦行
走不出前生画下的牢笼

西藏的夜

西藏的夜写满玄机
一部经书写满符号
一盏灯照见五蕴皆空
西藏的夜澄明清澈
让人无处躲藏
西藏的夜幽深邃密
连气息都难以找到

抵达黑暗不一定抵达西藏的夜
抵达西藏的夜不一定抵达自己
在澄明清澈之处消失
在幽深邃密之处出现
你就抵达西藏的夜

如果哭一声听不到
如果笑一声听不到
如果愁容满面看不到
如果神采奕奕看不到

如果惆怅纠结意识不到
如果心花怒放意识不到
你就一定抵达了西藏的夜

如果夜空让你想起星月
如果夜色让你想起风景
你就是一粒青稞
你就是一颗尘土

如果找到答案依旧疑惑
如果依旧疑惑不求甚解
你就是原来的自己
虽然也是自己

西藏的夜是一部经书
写满三世因果六道轮回
澄明清澈幽深邃密
你如果看远方如看眼前
你就抵达了西藏的夜

藏 香

卧室里弥漫着你的香雾
那是一种味道
超越了别的味道
我吸着它进入梦乡
摆脱庸俗的呼唤

梦乡是一座花园
过去的现实的未来的花
次第盛开
一团团色彩斑斓的裸体
在图纸呈现
我化为一只蜜蜂
探入花蕊
一只梦乡中的蜜蜂

卧室里弥漫着你的香雾
那是一种味道
超越了别的味道

我吸着它脱离本体
告别平凡的呼唤

我朝着幽暗的深海下坠
深海是一座花园
鱼儿扭动着
一团团色彩斑斓的裸体
在海里扭动着
我化为一眼漩涡
钻入鱼的腹腔
鱼在我的搅动下游走

卧室里弥漫着你的香雾
那就是一种味道
简简单单的味道
裸体的味道
生命蹿出子宫时的味道
抓住我命运的味道
把我从高潮中救出
所有平静都来自高潮
那种味道
让我安然入睡

换一个角度看扎西伦布寺

换一个角度看扎西伦布寺
看自己的双脚
是否有资格走进殿堂
看扎西伦布寺的金顶吧
一闪一闪的光
是否模糊你的眼

你接受
或者拒绝
都是轮回
放弃一切
或能窥见前世的你

换一个角度看扎西伦布寺
不如换一个角度看自己
看脚下的土地
是否还是当年的土地
映出襁褓中蹿动的影子

扎西伦布寺把金顶的光
送到你怀里
你接受
或者拒绝
都是轮回
不想看到前世
如何面对现世的自己

在普兰的一段记忆

你像废墟一样飞舞
飞舞到今天
记忆被风吹干
土壤河流还有部分氧气
被风吹干
你站在废墟旁
像废墟一样飞舞

记忆被风吹干
埋入深层的冰盖之下
泪水化为雪花落在
粗粝的小城
城外粗粝的尘土

你行走在废墟中
像废墟一样飞舞
阳光斜刺的一刹那
来到现实

现实依然是粗粝的小城
城外粗粝的尘土

废墟之上的皑皑白雪
也在记忆中
唯一不变的记忆
远在天边
近在心里

青藏之旅

丢掉行囊、身份
忘了自己是谁
来自何方

渗入高原的毛孔
等待抽出绿芽的牧草
吸一口青汁
让记忆永远消失
不再回来

游进大湖的脉管
带着盐的元素
排队迎接阳光
让紫外线
抽去多余的水分

或化为舞动的雪片
神山顶安营扎寨

守护圣洁的空气
看渺小的登山人
羊一般蠕动

2009年8月28日

过日月山

日月山下
车辘辘吱吱呀呀
轧过斜插的光线
公主泪眼婆娑

这泪痕
在一千多年后
撞入我的眼帘

日月山下
泪眼婆娑的公主
猛然回头
东望长安

日月宝镜即将破碎
在一千多年后
这一幕
撞入我的眼帘

河水顷刻倒流
经过一千多年
依然不改初衷

流吧，继续
东望长安的眼眸
已在倒流河边
与我相遇

谁能读懂她的泪
在一千多年后

2009年9月15日

你是地球之巅的一滴泪

你的名字叫湖
你的名字叫海
叫错温波也叫库库诺尔
它们都不是你的全部
其实啊
你是地球之巅的一滴泪

你是地球之巅的一滴泪
有地的深沉天的旷荡
你是苍生的苦楚万物的造化
一刻不停泣告你的担忧

你是地球之巅的一滴泪
有泪的味道泪的诉求
苍生万物存在的源泉
谁也不能污染的圣洁

因此啊

呵护你在青藏之高
呵护你在神山环绕的领地
让牧草尽情生长
鱼儿自由嬉戏
人们跳起快乐的锅庄

你是地球之巅的一滴泪
警醒躁动抚慰心灵
把平静传递给不平静者
把包容传递给不包容者
千秋万载不改变自己的颜色

你和所有造物的泪
一同祈祷善、兼爱和真纯
你是地球之巅的一滴泪

2009年9月17日

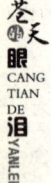

那一日

那一日向死而生
偶像在黄昏崩塌
那一日突变回自己
黄昏的天空惨白
憔悴如濒死

那一日行走高原
神性回归而厚重
那一日轻如飘尘
伪装撕去后
面目狰狞

千百次忏悔不如
那一日的惊觉
那一日的惊觉
若能唤回千百次的忏悔
胜过七宝加持

而每一日
都是那一日的继续
在高原寻回龟缩的梦
原来所有的梦
都是真实的存在

       2015年7月19日

冈仁波齐

去或不去一个地方
有时要听从内心的呼唤
那声呼唤总是由远而近
你无限渺小
如高原上一粒青稞

当你坐困愁城的时候
会有另一声呼唤传来
听见或听不见
若干年后
你将在梦里找到答案

吃过糌粑才知道
它是你的生命
你无限渺小
还不如那粒青稞
嗡嘛呢叭咪吽

你看那些人不知疲倦
转啊转
吭哧吭哧喘气
神孤独而悲悯
不发一语

你看他们不知疲倦地转
执持善念，转啊转
怀揣利欲，转啊转
寄望来生，转啊转
四大皆空，转啊转

诸善者，度尽苦厄
诸恶者，回首生花
起点和终点相连
得到和失去相交
转啊转，神的礼物
已触手可及

你看他们不知疲倦地转
山在身外
不是一步步靠近
就是一步步远离

嗡嘛呢叭咪吽

2015 年 7 月 21 日

阳光之下

生命在循环之初充满汁液
如果祈求来世拥有
循环之初的承诺
不能离你而去
饱满的汁液
不堪阳光一击
来世，便是现世

阳光之下的惊鸿一瞥
即便是珠穆朗玛的仙顶
也与你无关
心中若有所求
因在哪里果便在哪里
彼岸还在遥远的天边
不知度谁过去
我想告诉痛苦的神
度他，便是度我

2015年8月1日

高原之上

高原之上
白云低垂
如我本体的烟雾

我飞入云中
看到自己
如婴儿般睡去

婴儿时的我
如老去的我

一样的童真
一样的皱纹

甚至,看见前世的
前世的前世的我

高原之上

渴望还原原初
重做婴童

2015年8月15日

布达拉

布达拉在我的心里
无限放大
大过我的身体
我的已知和未知

我清醒的脚步
丈量不清醒的思考
每一步都带着遗憾

每一步都增长负重
脱不掉的枷锁
就是越多的思考
脱不掉的思考

何时不再思考
彼岸就近了一步
那时的布达拉

将是另一个布达拉

2015 年 9 月 26 日

经　幡

经幡是一面面彩旗吗
他们走在崎岖的路上
经幡是一个个路牌吗
他们走在陌生的路上

谁如果忽然失去方向
急于寻找生命的向导
急于解开一切的谜底
想想经幡告诉你什么

登上高处能望得更远
永在高处的唯有经幡

2015 年 11 月 4 日

贡嘎机场的回首

离别的刹那
终究过不了那一关
人生有许多这样的时刻
再回首很难
更难的是
不回
也难

并非力不能及
也确实力不能及
不是过不了那一关
是过不了这一关
无形的关
胜过天险
固若金汤

没有绕一圈冈仁波齐
怎知山外有山

去过希夏邦马才惊觉
白色可以让人心跳
从羊卓雍错回来
再无碧波

回与不回
心犹在
即将踏上归程的人
只有神伤是真实的

为何离别总是令人神伤
感情如一剂毒药

2016年1月16日

拉昂错

站在岸边的那时
就是久违的熟识
人生若只如初见
拉昂错
初见更似重逢
我从遥远的地方来看你

深蓝色的脸看着我笑
不在乎甘苦
拉昂错
你是撩开魔障的镜子
如果你是鬼湖
天下无湖

我站在岸边
前世今生的蛛丝马迹
似在不远处
却始终无法看见

而来世正从远处赶来
原来，魔在心里
鬼是自己

2016年4月9日

西藏蓝

回想就探到温暖
闭眼就在你怀里
雪山面前只有赤子
不知禁果为何物
嵌入灵魂如胎记
每次呼吸都触动初心

每次仰望都触动初心
掷一掷命运的色子
赌一赌离开或留下
宝库的大门一旦打开
谁也无法回头

忘却自己也无法忘却
你的样子
展颜一笑就能勾魂摄魄
天上人间何其遥远
仰望就是一种奢侈

回想就是一种奢侈
握着宝库的钥匙
不打开很难

2016年5月21日

苍天的眼泪

那眼泪是悲悯的
一滴一滴落下
悲悯人间无尽苦难
一滴一滴化成千年传说
化成一个个湛蓝色
泛着泪光

圣湖神湖鬼湖
前世之湖来生之湖
荡漾扭曲的脸
羞愧的嬉笑的
离天堂最近的地方
升华的堕落的
无处藏身

那悲悯是爱的延伸
那湖是一面魔镜
那湛蓝色泛着泪光

悲悯人间无尽苦难
从千年传说直到今天

我看湖是湖
湖看我眼含泪光

2017年2月11日

第二辑
DIER JI

边塞情怀：苦行与观照

雪域边关,我心中有颗扣子为你解开

每个人心中或许都有一些扣子
扣住自己的心事
扣住情感、名利以及一切有关的东西
有的人一辈子也解不开某一颗扣子
而我,只知道从那天开始
心中有颗扣子已经解开
迅速毫无预警地解开
本能中没有一丝拒绝地解开
那是我第一次来到雪域边关的日子

谁说天堂地狱都在人的心里
谁说高海拔是人类生存的极限
谁说存在决定意识才是哲学
谁说缺氧是不可克服的困难
谁说活在高原是对生命的挑战

雪域边关啊,自从我第一次与你相见
我心中的那颗扣子就为你解开

虽然，我呼吸急促
虽然，我头疼难忍
虽然，我夜不能寐
虽然，我步履蹒跚
虽然，我辗转反侧

但是，我亲爱的边关人
你们说，坚持坚守就是最好的妙药灵丹
我一时羞愧难当
一时幡然醒悟
幸亏啊，我在丢失自己的刹那
第一时间找回自己
第一时间告别遗憾

而那些把困难当成生存基础的人们
可曾意识到，肉体的存在是最简单的存在
是最低级的本能的存在
呼吸急促不可怕
头疼难忍不可怕
夜不能寐不可怕
步履蹒跚不可怕
辗转反侧不可怕
可怕的是啊，灵魂散去时
你同样找不到自己的肉体

雪域边关,我心中有颗扣子为你解开
因为啊,我的脊梁骨与你一样支撑着肉体
我脉管里的律动与你脉管里的律动处于相同节奏
我血液里的热度与你血液里的热度没有丝毫温差
因为啊,我的信仰没有和你拉开距离

而那些把困难当成生存基础的人们
你可曾生活于只剩下一半的氧气里
你可曾在天寒地冻中果敢砥砺前行
你可曾喝着金属超标的水无怨无悔
你可曾在没有信号的夜晚寂寞洒泪
你可曾对着漫天星辰诅咒命运不佳
但是啊,你的同类正在同样的条件下
享受着生命里那更高层次的洗礼

每个人心中或许都有一些扣子
扣住自己的心事
扣住情感、名利以及一切有关的东西
一颗扣子就是一道考题
一颗扣子就是一道门槛
一颗扣子就是一种难以逾越的高度
一旦越过你就不再是原来的你

雪域边关,当我心中的那颗扣子为你解开时

我就获得了全新的生命
获得了与母体同在的欣喜

边关行迹（五首）

（一）日喀则

海拔和阳光纠结在一起
难受的身体
却心生快感
快感源自你们的笑脸
兄弟姐妹
抽走我身体的难受
再用一个个故事
湮没我的泪眼

我们穿同样的衣裳
过不同的生活
因为我的到来
你们生发出熠熠光辉
把我变成一条渺小的虫

在日喀则的阳光下

从那一天开始
一条渺小的虫在蜕变中
走完感动的程序
从此化蛹成蝶

(二)吉隆

当我从孔唐拉姆山口飞流直下吉隆沟
一缕阳光正越过日吾班巴之巅
他们顶起一片蓝天
彩旗在蓝天下高高扬起

走在一条本来没有路的路上
前往一条还在开拓掘进的路上
当我从孔唐拉姆山口飞流直下吉隆沟
你们站在蓝天下
国境线的风景这边独好

当我用难平的心绪丈量吉隆沟
一串串故事汇成时间之河
有的故事没有情节只有寂寞
有的寂寞让故事渗入听者的毛孔

有的寂寞被时间催生

有的时间孕育更长的寂寞
他们却把寂寞埋入土壤
让土壤长出棵棵梨树
一串串故事化成一串串美丽的花

只因为深深的触动直抵心房
我要悄悄用泪水洇湿灵感
我要悄悄挥别你们挥别吉隆沟
当我重上孔唐拉姆山口
第一缕阳光正映照在日吾班巴之巅

我突然发现我的心
一刻都不曾离开过这里

(三)亚东

在亚东河畔乃堆拉山口
流传着五个人的传说
这五个人一字排开
就是一堵雄浑的墙
就是一首流淌的歌
就是一簇盛开的格桑花

五个人撑起一片天

五个人守着一片地
河畔和山口之间壁立千仞
五个人的身影在千仞之间行走
晨钟暮鼓敲击着赤子心跳的声音

要问家在哪里
家在河畔家在山口家在心里
要问爱在哪里
爱在河畔爱在山口爱在心里

在亚东河畔乃堆拉山口
流传着五个人的传说
这五个人一字排开
藏西南的边陲瞬间亮了

（四）聂拉木

在我到达聂拉木之前
有人说聂拉木是地狱之门
我带着金钥匙的密码
像瀑布般坠落
一支又一支的金钥匙
把我托起

嘉措拉山注视着我的命运
那把金钥匙的密码
链接着一群人
一群人的命运
在国门中徘徊
却始终不肯离去

而我的命运由此改变
那是聂拉木的人们
再一次确认我的密码
把我从坠落中托起
在商神杖面前
他们成色很足的金钥匙
早已把地狱之门

点化成一座乐园

（五）狮泉河

风吹石头跑的地方在哪里
六月飘雪的地方在哪里
风吹石头跑的地方在狮泉河畔
六月飘雪的地方在狮泉河畔

不敢说喜欢这个地方
不能说不喜欢这个地方
这个地方是用来顶礼膜拜的
有一种值得膜拜的精神
把我从零海拔的海边带到地球之巅

我是来顶礼膜拜的
是从零海拔的海边前来膜拜的
我来寻找那种值得膜拜的精神
想象中的和想象不到的
在一双双黝黑的眸子里存在的
在我脆弱的耳膜里听到的

但不是玛旁雍错
但不是冈仁波齐

是在一双双黝黑的眸子里存在的
在我脆弱的耳膜里听到的

但不是玛旁雍错
但不是冈仁波齐
是在界河边的一片空地目睹的
在飞沙走石雨雪风霜下积淀的
在孤独惆怅的隐忍中形成的
在无怨无悔的坚守中涌出的

我终于知道，喜欢或不喜欢这个地方
要让泪腺来判断
要让震颤的心来判断
喜欢或不喜欢这个地方
那种值得膜拜的精神都在这里
但不是玛旁雍错
但不是冈仁波齐

第三辑 DISAN JI

悲欣交集：存在与虚无

除了时间我们一无所有

除了时间
我们一无所有
光被黑暗取代
白日一去不复返
已经拥有的
在顷刻间灰飞烟灭

除了空气和风
我们一无所有
蓝天被乌云覆盖
风景在移动中消失
梦在梦醒后溜走

我们不断在得到中失去
为得到喝彩
为失去扼腕
只有时间
不停地失而复得

当我们告别肉体
化为齑粉或青烟
只有时间
陪伴至不可知的未来
直到永恒

2009年6月20日

台 风

台风在傍晚依约而来
携豪雨疾疾如箭
我站在阳台
看拍岸惊涛

天穹是一团乱花
樯橹无踪
树倾倒的地方
像嘴失去了门牙

我担心我的血
会突然喷涌而出

窗玻璃在为谁哭泣
泪水执着而伤感
挺进的剑雨
压迫节节败退的视线

风雨放声交合
如愤世嫉俗的呐喊
波澜不惊的生活
令人类麻木不仁

我担心珍贵的泪
会长流不止

把情书折成纸鹤放飞
挺起爱欲迎向情敌
夺回失去的阵地
那里堆砌着青春和时间

赶紧拆开遮羞的伪装
我想亲吻大地的素容
把最后的枝叶挪开
我要进入她的身体

我担心会遇到抵抗
那引来快感的抵抗

你的莲花野蛮盛开
等待坚如磐石的瞬间
我的肉身沉重
在十字路口选择方向

一起丈量台风眼的直径吧
寻找逃离的缺口
把陷入旋涡中的理想
连根拔出

我担心会遭遇伤害
虽然已避无可避

       2009年6月28日

我是一条鱼

我站在岸边看海
看海里的自己
一条站在岸边的鱼

我进入海里看海
看海里的自己
一条长着背鳍的鱼

膜是我的肌肤
鳞是我的衣裳
浮游生物是我的粮食
虾蟹是我的伙伴
我开始用鳃呼吸

我只是偶尔离开人类
偶尔一次便似很久
很久很久地
在海里休息

我发现一个个奥秘
疑似龙宫的入口
完好如初的宝船
几具人形遗骸
鱼骨一般躺着

我一直用鳃呼吸
我发现能用鱼的嗓子
呼喊龙王的名字

或许，我是海的一部分
一条会走路的鱼

2009年7月13日

秋天，我写三封信

秋天，我写三封信
一封寄给春天
一封寄给夏天
另一封自然寄给冬天

我要告诉所有的季节
我不回去了
只待在秋天

我为秋天盖座房子
把自己也盖在里面

我用月光洗澡
把李白叫来
把所有秋天的主人叫来

用甜丝丝的嘴唇
把睡去的夜舔醒

一起享受童年的麦糖
一起规划下一个游戏

我为秋天盖座房子
把自己也盖在里面

让秋天属于不存在的季节
灵感也找不着的季节
让我成为不存在的人
本就不存在的人

我孤独地待在房里
没有出口的房里
让时间成为过客
失去把我带走的机会

秋天，我只写三封信
三封雷同的信
不需要回复的信

2009年11月2日

十二月

轻风,舞姿曼妙
摇落斑斓的影
人,在深夜的海
和潮水一起呼吸

返回的候鸟
失去巢穴
慌张的眼神
令人羞愧

人,吃夏的食物
穿睡衣走在街上
没有岁末的惶惑
每天都一样无聊

时间安排一切
结尾孕育开篇
开篇孕育结尾

人，在两者之间徘徊

寒冷依旧遥远
海平面渐渐升高
小岛和人
何时……
沉入水底

2009年12月26日

夜 神

夜神和冬雨对话
人们静静观察

双子星升起时
在雨帘后
无人看到

除了我
只有我举着火把

夜神也和
观察着她的人们对话

人们无动于衷
冬雨诗一般缠绵
带走他们的语言

除了我

早已语言匮乏

夜神撩开冬雨的面纱
独自和我对话

秘密已呼之欲出
双子星抵达天幕
无人知晓

除了我
只有我举着火把

2009年12月28日

越过子夜的新年

这一天对自己说点儿什么
又一个越过子夜的新年
演绎不可知的故事
张开嘴含住即将出口的语词
对自己说的,不必出声

我们倒着数数儿,数的不是秒
分明是生命的脚步
是告别和期待的心跳
脉管、血液和脑垂体的抽泣
我们倒着数数儿,数的不是秒
数的是寂寞和忏悔

对自己说的,不必出声
牢记是给自己的承诺
牢记是不背叛承诺的庄严
张开嘴含住即将出口的语词
吞下去时便是无声的誓言

要赶在钟声撞响前对自己说
要赶在说出口前再想一想
没人听到的语词是最神圣的语词
拒绝流俗的欢呼
每一次即将失去时间的新年
也是即将赢得时间的新年

我们倒着数数儿，为了不错过
为曾经的错过提供再一次选择
我们一起举起出发的令牌
赶在钟声撞响之前确认方向
无论是向前或是逃遁的方向

2010年1月1日

早晨醒来

早晨醒来
夜把光还给了我
把太阳吐出
路上行走的灰尘
再也掩盖不住寂寞

早晨醒来
我把梦还给了夜

和灰尘一起上路
和灰尘一样寂寞
不是灰尘
却和灰尘一样

早晨醒来
我取回寄存的欲望

取回连接时间的钥匙

取回残缺的记忆
取回思索的原料
取回重新出发的动力

早晨醒来
我把性灵和躯壳合二为一

虽然寂寞
我和自己分享残梦
分享剩余的欲念的食粮
分享早晨不多的光线

2010年2月15日

选择一个决定

> 地震、天灾随时来临,人类每时每刻都在遭遇风险;即使没有灾难,也总在制造无尽无止的人祸;即使没有人祸,人类也逃不过因精神困惑带来的痛苦……
> ——题记

如何选择一个决定
在山崩地裂的刹那

躲开猎人的枪口
是鸟儿的梦幻
生命和时光的缝隙里
只剩下一线生机时
要得到谁的暗示

甚至在是与非面前
也要选择一个决定

当肉体和精神走向背反

主人选择突围的方向
只有简单的两极
地狱或者天堂

每一天每个时刻
黑色和白色的筹码
都会突然出现在眼前
选择一个关乎命运的颜色
是绕不过的魔障

如何选择一个决定
在山崩地裂的刹那

       2010年6月17日

断　裂

我断裂的思想
我带着上路
闪躲在时间前后
寻找合适节点
用断裂的语言
和人交谈

我断裂的思想
我带着上路
在人群中追逐自己
寻找往日归宿
如同落入水中的山
成了断裂的风景

我断裂的思想
我带着上路
迷失在优渥的空屋
寻找稀缺的忧郁

那曾经诗意的忧郁
在断裂的记忆里浮现

我断裂的思想
我带着上路
不如回到原点
寻找纯粹的眼睛
用断裂的情感
换回短暂的安详

2010年6月17日

我在黑暗里看自己

我在黑暗里看自己
最后一段
雪茄化为灰烬
暗香浮动,欲走还留
人,不如屋外的空气

最后一句珍重变成回忆
往事是化不开的烟雾
如最后那段雪茄的灰烬
暗香浮动,欲走还留

我在黑暗里看自己
自己向自己走来
相视一笑后离去
如那缕暗香浮动的烟雾

穿越黑暗的眼睛
望着心跳的方向

望着遥远的出发地
令枪已杳无音信

我在黑暗里看自己
看得羞愧难当
不如已成灰烬的雪茄
暗香浮动，欲走还留

2010年7月15日

呼伦贝尔

一群人带着好奇和茫然
带着装备和想象
来到呼伦贝尔
一群不知道呼伦贝尔的人
来到呼伦贝尔

来到呼伦贝尔
应该暂别肉身的沉重
放下红尘的牵绊
应该丢掉一切
和呼伦贝尔一同纯粹地存在
应该融入她的血液脉管
在她的气息里呼吸
应该在她的抚摸下安睡
没有杂念，连梦都没有
应该成为她的一部分

2010年8月，一群人来到呼伦贝尔

来到呼伦贝尔
就应该化身为她的一片草叶
也可以是一颗沙砾沉入草的根须
把自己当成额尔古纳河上的一闪波光
穿越时空潜回某个历史瞬间
或变成莫尔贡嘎森林里一朵野菊
在阵阵松风中恣意绽放
呼伦贝尔啊，一群人扑进了你的怀里

但愿他们从此就是快乐的人
他们拍下呼伦贝尔美丽的容颜
和她依偎相亲
他们品尝原始的奶茶
把野蓝莓送入口中
他们在白音哈达草原燃起篝火
拥在一起狂舞
忘记了身份，当一回纯粹的人

明天即将回到来时的地方
回到恋恋不舍的另一个自己身边
呼伦贝尔啊，但愿他们从此就是快乐的人
但愿他们在另一个自己身边
时时看到你的身影，呼伦贝尔

2010年8月，一群人来到呼伦贝尔

2010年8月8日

眼中风雨

风在风中流浪
雨在雨中奔走

风在风中流浪
菩提本无树
奈何有叶落的声音

雨在雨中奔走
如雾亦如电
如追赶死亡的呼吸

冷眼看尘埃集结
集结是离散的开始
离散是消失的前奏

冷眼看晶珠跳荡
跳成美丽的直线
跳成万劫不复的结局

风在风中流浪
故乡在远方
如梦幻泡影

雨在雨中奔走
本来无一物
归宿早已注定

风在风中流浪
雨在雨中奔走

2011年5月22日

那些舍不得放下的东西

当那些被称为快乐的东西
突然离你而去
那一刹你想起什么
除了急于重新获得
你还想起什么

把生活解构成生存
还原回你自己
那些被称为痛苦的东西
就会离你而去
那一刹你除了无聊
还会有什么

那些舍不得放下的东西
假如一直留在记忆里
就看不到跟前
一簇花开得绚烂
能留在记忆里的绚烂

快乐和痛苦交替出现
你才拥有活力
享受快乐，解脱痛苦
当每一次迷茫都充满乐趣
你的乐趣
就不再是乐趣

2012年7月20日

黑夜六章

之一

黑夜,谁是你心灵的经幡
摇曳迷幻或警觉的语言
冰冷地抽打坠落的尊严

黑夜,谁在齐声唱诗
谁需要拯救
谁在深渊里

黑夜,谁的声音可以唤醒沉睡者
不是招魂的铃声
是梦里的哭泣

黑夜,谁把白天藏起
让害怕阳光的灰尘
找到归宿

之二

夜幕如心灵的窗帘
让光离得远远的
解开羁绊的绳子
所有纸张碾碎在记忆中
连同饥饿和美梦

之三

夜色像花儿开放
思念踯躅游移
在每一个缝隙
寻找刺激的出口
昨日的梦魇
是今晚的快感

诗人躲在虚幻的暗影里
等待太阳升起
光线照到的地方
是他回家的路

之四

未曾醉的醉
未曾感慨的感慨
冷夜无阻热烈的笑
把悲伤丢入风中
你的期许是开放的花
拒绝凋零
因为不相信凋零
那花,开在心里

之五

夜不言,花向谁开
海无语,风由何去
于无声处
不思不在
不在不思
身浮游于幻境
心回归大地

之六

凝望消失的岛
烟灰也无法平静
等待的发梢湿了
脚步的影子
失去声音

海如平地
平地如陷阱

2012 年 7 月 24 日

杂感三章

之一

你已经没有时间
已经没有足够的时间
没有可以任意挥霍的时间
没有本不想挥霍的时间
当你的时间变为负数
时间就成了你的债主

之二

漫天都是忧郁
唯有残梦依稀

记忆是一把锁
告别了往事

最美的风景
正随风而逝

当心情异常平静
人已在天涯

轻雨来得正好
湿了泪眼
绿了相思

之三

把黑夜关了
白天向你微笑
把幻想关了
现实在一旁落泪
把现实关了
现实就是幻想
把死亡关了
生命依旧短暂
把生命关了
死亡向你微笑

2012年7月25日

每一首诗里

每一首诗里
有人晃动的影子
一堆纠缠不清的想法
寻找一个最后的想法

每一首诗里
人的心跳脉动
一堆纠缠不清的烦恼
在地狱或天堂的门口徘徊

诗里的人看不见自己
谁也看不见自己
即便能看见最小的虫子
你也看不见自己

如果要看见自己
就要面对炉火

努力让自己
化为一缕青烟

2012年8月4日

我在秋天的雨丝中迷失

我在秋天的雨丝中迷失
雨丝时疏时密落入心田
时疏时密融入意念
这是秋天屡试不爽的方法
教人连接它的情绪猜测它的语言

我回忆起多年前的那些秋天
总是陷入强说愁空惆怅的情绪
把语言拆散又组装了一个季节
秋天大概就躲在一旁
或是窃笑或是忧愁

而今依然在秋天的雨丝中迷失
扮演相同的角色
扮演那数千年的角色
那数千年的惆怅依旧
要等到幡然醒悟的时刻

又一个季节来临的时刻
愁绪被冷藏在心灵深处的酱缸
雨丝或化为冰雪或忙于孕育生命
秋天在该离去的时候离去
等待下一个轮回再诉衷肠

2012年10月31日

八月的末日

走入乡野
树林如蛇阵
只有怀旧能颠覆你
土地喘息不停

童话里的草还活着
像插在血管的钢针
揭开古老的树皮
根已不在

影子在体内舞蹈
照见五蕴皆空
失去连接的密码
如何满血回归

把时间之绳铰断
熔化最后一把铁剪

成为自己的主人
那个最后的主人

2013年9月1日

清 明

你生命的全部
从开始到结束
从结束到开始
就是一堆符号
从第一个符号
到最后一个符号

那第一个符号
可能是开始
也可能是结束
那最后一个符号
可能是结束
也可能是开始

你生命中的符号
诞生于母体
从第一个到最后一个
弯弯曲曲地排列

排列成一张图
无法更改

符号中有烟雨斜阳
如江河流动的脉络
阴影下无法示人的秘境
一个个分裂的符号
甚至支离破碎
终将融为一体
终将化为灰烬

        2013年4月4日

夏　日

斜阳切割斑驳的眼帘
金属在移动时相吻
海水忍受孤单
和云影对视空谈
谁把锤子扔进树洞
谁把它不停掏出
谁的尾巴追逐鲜嫩的舌头
谁的谎言瞬间变成真实
晒晒午梦淋湿的信笺
寄给冬的另一个邻居

2013年7月10日

三月雨

落下，消逝
再落下，再消逝
路人的步履蹒跚
更改一次次出行计划
让一辆车贴上另一辆的尾部
直至渗入根苗
产生一个节气
直至灌满海水
淹没堤岸

直至唤醒
一个失去灵感的诗人
重新拿起笔

2014年3月15日

致海子

那一年,两条平行线
一条是灵魂,另一条
是肉体,你的肉体
许多人的肉体
那一年
你的鲜血绽放成花瓣
一瓣给魔鬼
另一瓣给人类
剩下的,化为
春天的种子
长成一年又一年的记忆

如今,人们读着
"面朝大海春暖花开"
却步入歧途
读不出你嘴里发苦的味道
他们笑着读诗,你的诗
欲望飞舞

笑得忘了你
以及他们自己

2014年3月26日

佛　珠

一颗一颗数着
直至手指发酸
举轻若重
心里渐渐平静
静得没有一丝声音

一颗一颗凝视着
费力观照自己
污垢横生的角落
是否依然污垢横生
却什么也看不见

观照即是修行
或者，一颗一颗抚摸
感知灵魂的温度
把欲望从指缝中清除
即便根本无法做到

至少坚持至
最后那一颗

2014年4月11日

告别四月

在每一个清冷的夜晚
你从不爽约
带来桃花的诱惑
柳丝的愁绪
那最后一口酒
留给记忆

谁把雨滴滴成思念
谁把思念化为眼泪
谁撬开尘封的信息
谁翻起少年的诗笺
朗声叫响
声声落寞

枯坐在夜色怀里
和自己的未来谈判
一丛灰黑的影子
向来是绝望的敌人

自己和自己谈判
如何达成协议

笑看江湖儿女
吟唱流水落花
又一次丢下串串疑惑
相约来年
复制矫情的表演
在那个清冷的夜晚

　　　　　　　　2014年5月4日

五月的红色

在一次梦里
那红色紧追不舍
直到天亮

或是,血管充盈着欲望
冒出身体
带出的意象
将白天的黑色覆盖

又或是,站在海边冥想
遇见落日
那娇艳丰满的红
嵌入眼帘
植入心扉

到了五月就想起红色
自然地想到
像偶然间流下的血

滴入一段往事
不能自拔

2014年5月7日

海洋神话

神话是流动的水
越过船舷
等同于沦落水中
一张张亢奋的脸
一滴滴融入海洋

我坐在船房看海
我的存在就是海的存在
神话流经五洲四洋
现在流经我的血管
注满不明液体

神话如真似幻
逃避现实的悲哀
人们远离陆地
亢奋如死亡将至
而陆地遍地狼烟

我坐在船房沉思
如同一滴水的沉思
等待烈日的深情一吻
或者消失
或者重生

2015年7月19日

碎 片

一切都是碎片
白天黑夜交织的碎片
童年成年断续的碎片
青瓷裂变般的碎片
落花飞舞般的碎片
杂乱无章
色彩斑斓

爱恨情仇的追悔
追悔莫及的记忆
记忆遗忘又重现
遗忘又重现的爱恨情仇
从完好到碎裂
梦成一堆碎片
活成一堆碎片

那是组合成一生的碎片
方生方死

然后重生
碎片也是整体
整体也是碎片

有时,是本体
有时,是他者
本体也是他者
他者也是本体
碎片或整体
纠缠在一起
分不清本体与他者

有时渴望化为碎片
不需为整体发愁
有时渴望回到整体
享受袭来的诱惑

方生方死的境界
是变成一堆碎片
如拼图一般
组合最佳的画面
定义下一个自己

2015年9月17日

平　静

其实每个夜晚都很平静
每个人的表象和内息
因为熟睡而平静
不平静的
是心跳

或不是心跳
是梦魇
或是更不平静的
无边的欲望

甚至没入泥土
在不平静中腐朽
魂魄
依旧蠢蠢欲动

2015年9月27日

听贝多芬

四个音符的命运动机令人恐慌
休止符之后悲伤旅程拉开序幕
圆号诉说或木管哀鸣
都在黑管的驾驭下无济于事
指挥和乐队和听者
明白不明白明白多少
无往不在悲伤中度过

真正的悲伤如镜花水月
五条线里的贝多芬缄默纠结
不是悲哀悲恸或悲怆
而是彻彻底底的悲伤
明白不明白明白多少
懂得不懂得贝多芬
摆脱不了它无往不在的存在

舞台中的乐器
或低泣或沉思或浅笑

把英雄裂变成不知所云
对于贝多芬的悲伤
似懂非懂浑然一体
是悲是喜浑然一体

哪怕是欢乐颂也无法挣脱
哪怕用拉宽的四四拍诠释席勒
哪怕把合唱演绎成救赎的梵音
也只有指挥和乐队和听者
沐浴在照耀大地的圣洁光辉中
当最后一个小节余音散去
现实却是，悲伤的人群布满大地

哪怕是月光下的抒情也离不开
凄凄惨惨戚戚的内在游移
不绝如缕的三连音
开在两个深渊间的花朵
触手可及而得不到的
弥漫着绝望的曲调强说欢乐
浑然一体而又灵肉分离
每个音符都是美到极致的悲伤

2015年12月4日

想起马勒

想起任何一个人时
都能想起马勒
他是每一个人的全部
又都不是

每次听马勒的交响
都能想起你
你是每一个人的全部
又都不是

我白天工作
晚上回家
每次听马勒的交响
都能想起自己

就如
自己是每个人的全部
又都不是

2015年10月25日

谁在梦里漫步

谁在梦里漫步
除非漫步
在梦里发生
某一天你在梦里迷路
醒来后真的走失了
虚幻与现实
会在一瞬之间逆转
让你明天醒来找不到自己

从开始到结束其实并未结束
心起妄念说明那绝不是妄念

你如果不适应时间
就永远在空间里待着

2015年10月15日

关于时间

是挥毫时留下的飞白
朝如青丝暮成雪
灵感生成到落地的过程
露珠在阳光下消失的
一声叹息

时间是什么
你不问时,我知
问了,则不知
奥古斯丁一千多年前
谶语一般的飞白
中间隔断的
是什么

或是
西西弗斯推石上山
轻喘的刹那
巨石滚落时

回音的长度
或是菩提树下
佛陀的灵光一闪

一旦问了
则不知
因为无人知
静止的是什么
流动的是什么
谁知

一千多年后
时间的答案
是霍金的问题
问与不问
依旧是一道飞白
如唐朝轻舟
驶过万重山千百年
留下的波纹

2015年12月16日

冬至随想

这一天我想到了幻灭
想到了季节交替
一岁一枯荣
昨夜宿醉犹在
人生已经历几多起伏
我想到种植爱情的青春
已被雨打风吹去

我想到了冷却的温度
阴阳相长不分胜负
那肉体依附在
若即若离的意识里
一颗甜香的圆子
唤回曾是游子的身份

我想到了失去的母爱
撑起虚空的皮囊
狷狂躁动的心

还不如软糯的芝麻馅儿
有生存的味道
这一天我宁愿把喜悦
与悲伤互换

     2015年12月23日

追忆2015

与久别者重逢
与陌生者相识
为困顿者神伤
为永逝者垂泪
忽然间这一年已经不在

不相信你已离去
记忆鲜活如昨
信息犹在
人已成灰
你必是带着疑惑离去
如我的疑惑

遗落的旧事时时来访
搅不动新的涟漪
萎缩的灵感像迟暮美人
半推半就欲拒还迎
忽然间这一年已经不在

笑几次哭几回醉几宿
知我者谓我心忧
不知我者谓我何求
当年种下的柠檬桉
还在贪欲地生长
种树的人却慌忙老去

如果人生有坐标
谁告诉我原点的位置
找到原点谁帮我选择经纬
问题如雾霾笼罩
忽然间这一年已经不在

2016年1月5日

夜 半

听树叶低语
风的欢呼
有时候一个影子
是走动的雕塑
有时候一个人
以设定的程序说话
有时候面对困局
不想轻易退却
草枯草长缘灭缘聚
是无常亦是常态
夜半摩挲茶壶
思虑天亮之前
如何与黑夜相处

焚一炷香祭奠细胞
那些无法再生的细胞
如果虐待自己
也要善待它们

夜半泡壶酽茶
听树叶低语
风的欢呼
胜过一切思考

最忠实的旁观者
唯有明月千里
读遍今生前世

时间放慢脚步
丈量思维
延长生的苦恼
一切相对的时空
不限于相对
远方烟花绽放
灰烬落下的声音
最值得回味

最后一泡茶品过
眼看耳听心里想的
都是困惑

2016年2月21日

春雨搅起多少涟漪

春雨搅起多少涟漪
就有多少诗篇
在雾中漫溏
多少个日夜多少串脚印
只为一闪而过的灵感
在记忆中
在山的那一边

存在也是虚妄
虚妄也是存在
不存在也是存在

虚妄中的虚妄
化为情感
矫情的喜怒哀乐
永在梦中的梦想

春雨搅起多少涟漪

就有多少泡沫
声声破碎
在期待中灭亡

2016年2月28日

臆　想

把自己推入暗黑中
裸露在另一个自己面前
把所有遗忘的事在一刹间找回
然后一件件遗忘

在暗黑中纠结
或脱胎换骨或永远消遁
交出生的筹码
换取再生的秘密

可能只是一次臆想
被病毒感染

2016年3月15日

那年春天

是黑白的颜色
写满基因的信息
光线照不到的深处
是另一个维度空间
躺着孤独的自己

偶然时刻
造就不寻常的瞬间
那年春天的一次曝光
炸开无数想象黑洞
如一张照片
透出的预兆
看到了后来的自己
自己所叫停的时间

现在的你看过去的自己
不如过去的你看现在的自己
更像自己

2016年3月18日

这个季节

这个季节
只见花开
花落的时候有谁想起
谁会用一样的眼睛观察
同一个季节

只见人笑
人哭的时候有谁想起
一旦想起便值得感恩
任何季节
人都是过客

这个季节
并非如此煽情
一旦煽情
便滋生无数故事
一切无意义的情愫
都属于春天

2016年3月23日

天亮之前

当露珠布满花枝
头发终于干了
内心随着晨霭浮沉
知更鸟即将啼叫

黑暗里有谁伸出手来
花蕊何时张开
我的手握住的
只有空气

如何睡去
就如何醒来

2016年4月4日

距 离

一个夜晚的距离
不知道有多远
你和我之间
只有一个夜晚的距离

我和我的距离
不知道有多远
一个夜晚都在思考
距离的含义

你和他的距离
在我的观察中
越来越近
于你俩却越来越远

夜晚和白天连成一片
有人刻意分开
只有我在调和

然后它们更加陌生

你是你的主人
我是我的奴隶
你我之间
只有一个夜晚的距离

2016年4月17日

深夜，滂沱大雨

深夜，滂沱大雨
我想撑一把伞把梦罩住
让睡觉的人睡觉
让醒着的人醒着

让眼睛远离恐惧
让耳朵远离惊雷
深夜里，我站在原地
站在原地做梦

一场滂沱大雨击碎沉静
我梦里花在盛开
梦里的记忆
一定在醒来的地方等我

站着
有时比躺着幸福

有梦
有时不如无梦

2016 年 4 月 18 日

夜，是看不见的眼睛

夜，是看不见的眼睛
盯住我
死死地盯住
直到我的眼睛
黑白如初

看不见的眼睛无比澄澈
如没有星月的夜幕
澄澈得似有似无
令人窒息

那看得见的
是光怪陆离的尘埃
春光无限的尾声
极乐世界的末日

问题和答案走到一起
看得见和看不见互相交集

竟是泪眼婆娑的理由
你在这个世界里
就是另一个我

2016年4月21日

雾

很快就有风从海上飘来
你眷恋的不是那一方之地
而是久违的沉静

不是海上的风把你吹散
而是时辰到了
平静常因短暂而珍贵

你叹息一声不是因为即将消逝
而是越来越透亮的四周
竟找不到来时的路

2016年4月29日

一句诗的宽度

一句诗的宽度
也能超越天荒地老
一个脚印的距离
叹息声此起彼伏
干一杯酒
看一眼夜空
一瞬如一生

把玩游戏的人
就在游戏里头
听到回声从不踌躇
欲望静如处子
两脚走在分裂的路上

直到最后时刻
未曾发生的故事
依然未曾发生
最可怕的结果

莫过于没有结果

即便随波逐流
也是一种交代
悄无声息的结束
远未结束

2016年5月8日

一个问题的答案

季节交替的时候
植物偷偷看人的脸色
你的我的他的隐私
在植物面前
都是笑话

人离开的时候
留下最后的叮嘱
有些和你无关
如果无关
为什么还对你说

问题每天都有
人却大多快乐着
这是造化的仁慈
有时也催生罪恶
假象的窗户纸撕开
有人要面对更多苦难

在黑黝黝的角落里
一个是人
另一个也是人

2016年5月29日

出　走

那年最后一次出走
怀揣三枚银币
走入黑雾弥漫的丛林

交出一枚银币
智者指指天指指地
交出两枚银币
树怪说出一个秘密

始终不相信那是个梦
因为
银币没了
秘密还在

2016年8月3日

截句五章

（一）

我望着夜空发呆
其实已睡去多时

（二）

我常跟在别人后面
寻找自己的脚印

（三）

我偶尔回看后背
上面有无数熟悉的眼睛

（四）

有时，回忆起儿时的情景
惊觉那些情景已不属于我

（五）

内心的喜悦无处不在
窗外有青苗抽动的声音

2016年6月4日

在那遥远的地方

草原上繁花盛开
我终于在夜半醒来
以为白昼还躺在身畔
沧浪之声不绝于耳
母亲唱着童谣
而我
在摇篮中失去记忆

旅程中没有德令哈
没有祁连山连绵的诗意
没有突如其来的姐姐
没有生死别离
只有青稞酒燃起激情
和繁花一起盛开

天空之镜深邃神秘
藏匿远古巫灵
藏匿海洋生命之门

渺小的人类
朝着死亡的方向蠕动

如果死亡可以不朽
盐毫无意义
我双脚踩在卤水中
如踩住自己的躯体
渴望极致的沉沦
像婴儿般睡去

遥远胜过
肉身和魂魄的距离
那地方埋葬爱情
诞生假象
绵延了数十年
还在继续着

2016年8月27日

在金银滩寻找王洛宾

自然寻找不到
除非时间能够任意折叠
折回错过的每个机缘
先找到父亲丢失的遗书
或许内有藏宝地图
有他未向组织交代的错失
或者干脆折回母亲的怀里
吸着她的乳房
回到她的子宫
在羊水中回味前世的点点滴滴
可能就在那时遇见王洛宾
听他的花儿与少年
萨耶卓玛轻轻一皮鞭
如何扫在他灵感的痒处
我希望是那只小羊
跟在她身旁
在金银滩草原上的蒙古包里
我喝下三十杯青稞酒

时间却未停下脚步
我要寻找的王洛宾
其实不需时间折回
他在时间的前头
等着我

      2016年8月28日

凤凰花赋

长时间的沉默
为的是那一声呐喊
振聋发聩的呐喊红遍长街
轮回的时光
掩不住再次灿烂

那一声呐喊
余音永续
直至容颜老去
望断天涯路
一片火红依旧

游子归来时
恩怨不如一杯烈酒
往事化为夏风
只有那一声呐喊
直入内心深处

太多的赞美
不如让你继续沉默
在黑夜里睡去
霞光中醒来
等待下一个绽放的时刻

                    2016年9月7日

听《如歌的行板》

无法抵挡的勾魂摄魄
帕尔曼用琴弓的刀锋
镌刻我的双耳
魔音再现致人眩晕
我不如托尔斯泰
他曾为此泪流满面

想起死去的人
想起活着的人
想起陷入困境的人
想起纸醉金迷的人
想起风干的树
错过无数春天

美到极致的泣诉
瞬间把时间碾成灰烬
吉光片羽的忘却
胜过终生追忆

此刻的清空
不为消融负累

长空划过一道闪电
是弥留之际的告白
一遍又一遍吟咏
如送行的雁阵
古道西风瘦马
断肠人在天涯

     2016年9月17日

一瓢美酒

一瓢美酒活色生香
紧实的胴体妖娆
沉沦的时光掩盖真相
戴着面具和枷锁
不如离开法身
寻找清凉的彼岸

一瓢美酒欲望洞开
燃烧完青春燃烧记忆
重温出世的誓言
不如到草丛汲取甘泉
钻开一口深井
用那根硬硬的笔

欲望的巷子深不见底
踯躅出无数问号
星光黯淡的刹那
不如放开握紧的夜色

在黎明之前放肆

一瓢美酒绽放笑靥
一棵枯树探进花蕊
不如玩弄尘埃
谁的诗歌不值钱
谁的爱情已老

2016 年 10 月 15 日

告别九月

像风划过脸
像一只手
轻抚即将离开的
另一只
如一场感冒
早已注定

看不到眼泪
月台比动车孤独
驶离时光
如一封情书
早已泛黄

再见又是一年
物是人非
数字依旧
更多的重复
换不回初心

明年此时
另一首诗
或许
已等在那儿

2016年10月18日

偶像的黄昏

刀削的时光削在
一团气色里
偶像背后的光晕
照亮一个时代
多年之前
一个年轻人
轻轻一叹

唯有时光无法一再复制
照亮他人的光晕
无法照亮自己
命运的敲门声响起
一切终将喑哑下来

命运把财富带给你
交换无法复制的时光
每一声敲门声
都是即将降临的黄昏

敲在那一团气色里

渴望拥簇的黄昏
守不住白日的孤独
敲门声声声急促
孤独渐渐远去

明天开始
告别旧日的执念
无比珍贵的执念

      2016年10月30日

时间是一根绳索
——为大学毕业30年同学会而作

时间是一根绳索
连接河的两端
彼岸的曼珠沙华
如在眼前
一刻与永恒
常在一念间

时间是一根绳索
连接真实虚幻
阳光之下的朝露
缘起缘灭
如一张笑脸
时而失去时而重现

时间是一根绳索
连接距离思念
绽放中的生命之花

无论长久短暂
世上最珍贵的礼物
是一次又一次相见

时间是一根绳索
连接注定偶然
梳洗明日
回望悲欢
三十年一握手
永植心间

      2016年11月13日

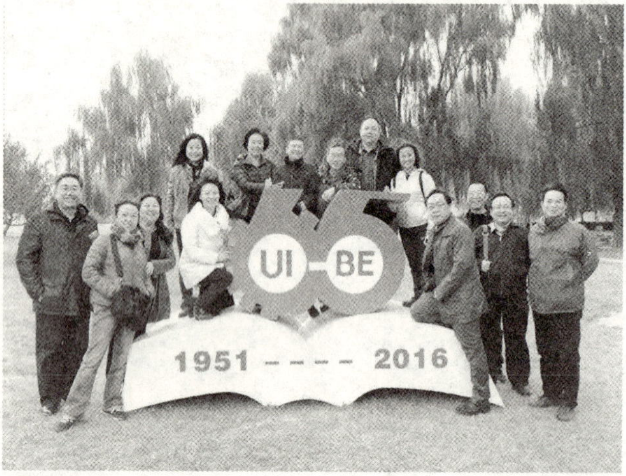
UI-BE
1951 ---- 2016

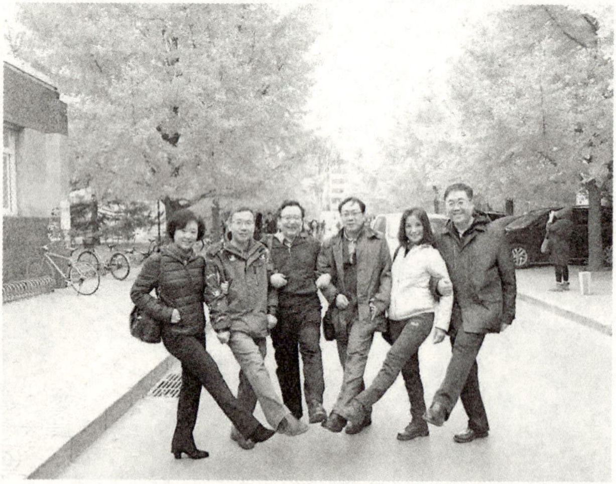

江 湖

来日是往昔的荒草
此刻是下刻的尘埃
四周挤满闲言碎语
潜伏多疑的目光
继续劳作
维持生死平衡
夜半清醒地试探窗外
看人的面孔
张张惊慌失措
不如一起讨论未来
寻找时间密道
逃逸时不致迷失
归来时依旧鲜活
又一次高手相遇
寂寞已久的绝招
招招命中要害
各自在惊喜中败走
享受久违的伤口

2016年12月9日

印象2016

温暖的笑容
龌龊的瞬间
一帧帧模糊隐去
时而怀念时而忘却
预言和幻想
真实和荒唐相伴
站上往事的高台
忏悔的碎片飞来
时而想象时而否定
视觉偏差无处不在
如果身影周正
前方必是一道斜线
时而端视时而回避
黑色的远处
先人咒骂不停
耳里遍布
声音的尸体

2017年1月8日

长白山上

飞雪与唐诗
如此近在咫尺
如我左手一杯热酒
与灵感的距离
漫天遍野唐诗的符号
银花珠树无归人
梦里不知身是客
唤来千年穿越
相约枯坐白头
红尘中众声喧哗
无非笑谈
道不同天涯歧路
雁过自然留痕

一形一色纵横驰骋
犹如置身方外
经年不易的单调
亦能炼成极致

季季争宠不如
一季无比寂寞的完胜
而后无声谢幕
化作流深静水
哺育投胎的胚芽
等待新的一季
王者魂兮归来
生活与童话
如此近在咫尺

2017年1月9日

夜晚是少数人的天堂

夜色是我的袍衣
我裹着它阅读自己

黑色的影子说
还记得你前世的样子吗

信使总在夜里降临
捂住魔瓶的手
清晨和咒语一起消失
我就离开自己
走入你们当中

夜晚是少数人的天堂
更多人的地狱
一些人不再醒来
一些人醒来
如在梦里

2017年1月16日

地藏王

那一刻旋涡停转困顿无形
只剩法眼明明灭灭
明的时候谁哭
灭的时候谁笑
法眼明明灭灭
生命在表演中度过

安忍不动如大地
静虑深密如秘藏
轮回只需刹那
愿望树上百鸟朝凤
灵鹫山顶遍布佛光
热血渐渐冷却的时候
只有孤独陪伴

黑暗时处处火把
晨露须臾亦一生

人们踏着阳光的步伐
不见黄昏早已临近
在时间的两端浮沉
如飞花如尘埃

如果可以谁愿为你而死
等待未知的转世
彼时江湖彼时红颜
虚妄时时陪伴
直至三生三世
灵肉依然如故

地藏王啊，生命的王
你波澜不惊的法颜
他人的地狱如天堂
你的地狱是谁的归宿
远离绚丽的烦忧
不知为何而悲喜

光华可以尽然褪去
彼岸花开花谢与谁有关
每个细胞可以灰飞烟灭
下个细胞期待登场
你毅然离开红尘

成就永恒
直到今天

       2017年4月19日

所有人都是夜空里的一闪

我听见午夜的雨在喘息
花蕾分娩的呻吟
有人在用灵感酿酒
一瞬的灵感
一世的牵绊
所有人都是夜空里的一闪

我看见天光中的城堡
在那里做自己的王
星星的玩伴儿
月亮的酒友
把玩童话
所有人都是夜空里的一闪

只有眼泪知道真假
时间知道远近
人间不再美好的时候
谜底水落石出

我只希望看到意外
所有人都是夜空里的一闪

       2017年5月8日